KB021843

그대가
나를
찾아왔다

그대가
나를
찾아왔다

김금숙
시집

이 책은
성령님 도우심으로
시작했다

부족한 저를
도구로 써 주셨다

시인의 말

이 책은
성령님 도우심으로
시작했다

부족한 저를
도구로 써 주셨다

예수님 믿지 않는 자
믿는 성도님
읽어주면 좋겠다

살아가다
힘들 때
도움 되기를
기도한다

제1부 자연의 아름다움

제2부 고난의 인생

제3부 축복과 천국 소망

자연의
아름다움

♩ 그리움이여

오직 한길
뒤돌아볼 생각조차 없이
한길 걸어 왔다

이 길 끝에
누가 있을까
걷고 또 걸으며
여기까지 왔다

혼자인 줄 알았는데
내 속에 나의 주인
함께 걸어와 주었다

조금만 더 가면
숨겨진 그대
마중 나와 준다며
내 손잡고
오늘도 걸어가 준다

♪ 하루를 보내며

하루, 인생 시작이다
오늘 주어진 시간
나를 만들어 간다

하루 피고 지는 나팔꽃
활짝 웃어 주고 떠나가네

내 속 찌꺼기
찬양으로
씻어 낸다

감사 나무
내 안에 심는다
그렇게 세월 가고

하루라는 재산
풍성하게 열었다
하루가 내 인생이다

☽ 7월의 정원

5월의 장미
계절 여왕처럼 아름답다

7월, 지금은 초라한 모습
가만히 들여다보니
내가 거기 서 있다

향기 나는 장미
너를 만나 기뻐한다
내 마음 너였으면 좋겠다

☽ 모란이 필 때

추운 겨울
이겨 내고
탐스런 모란 피었다

너 보고 싶은
기다림이었다
우아한 네 모습
나도 닮고 싶어라

옛날 친정
뒤뜰에서 보았던 너
그 시절 엄마 품
그리워진다

♪ 찬송 소리

그리움 담아
찬송 올린다
들리시나요

감사함 담아
소리 내어 불러 본다
들리시나요

가사 마음 실어
부르는 소리
들으시나요

언제쯤 오시려나
마음 졸이며

다시 오마
그 약속 기다려 본다

☽ 백장미

너무 고운
장미 피었다
오랜 동안
물 주고 가꿨더니
이런 날 왔다

너를 만든 분께 감사한다
네 앞에 서면
지나간 젊음
그리워진다

내 인생 한때
너처럼 고왔던 때 있었지
그대 사랑하던 시절
너를 보고 있으니
그대 보고 싶다

☾ 거룩한 성

또 다른 세계 있다
겉사람 버리고
속사람 가는 곳

죽어 끝난 게 아니다
내 영혼 살아왔던 곳
찾아간다

거룩한 성, 그곳으로
우리는 걸어가고 있다
세상 모든 사람
그랬으면 좋겠다

♪ 새들의 합창

새벽 별 사라지고
동창 밝아 온다

새들의 노랫소리
합창 되어 들려 온다
좋은 소리 전해 주며
하루 열고 있다

힘든 일 몰려와도
저 새처럼
가슴 열고 훨훨
날려 보낸다

새털처럼 가볍게
인생 살아야겠다

☽ 반달

밤하늘 달 떴다
고요한 밤
달님과 둘이 말하고 싶다

하늘 저 너머
무슨 일 있느냐
달님 묵묵히 알고 있다

누가 행복하게
살아가고 있는지
누구 또 어떤 슬픔
눈물짓고 있는지
달님 보고 있다

내 마음
보고 있을 달님
너무 고마워
동그라미 그리려다
달님 그려 본다

♪ 나의 존재

멀고 먼 나라에서
이 땅에 태어난 나
누가 나를 보냈을까

알고 보니
나를 만드신 이
따로 있었다

험한 인생
나 혼자 아닌
주인이신 분
늘 함께 지켜 주었다

나로 나 된 것이
그분의 은혜였다

♪ 생일날

엄마 돌아가신 후
내 생일날
왜 그리 엄마
보고 싶을까

내 딸들이
선물 줄 때마다
나의 엄마 그리워진다
마음껏 효도 못 한 것 때문일까

지금이라면
좋아하는 모든 것
안겨 드릴 텐데

흘러간 세월
엄마 향기라도
두고 가지
이별은 슬프다

☽ 그것이 사랑이다

죽음 앞에 우리 모두
순종할 수밖에

갖가지 사연
마지막 죽음 만난다

어떻게 살았냐
심판 섭리대로
그 앞에 서야 한다

그분 영접하면
영원한 나라 간다

내 안에 영
죽음 뒤에
영원한 그 나라
이사 간다

그것이 진정 사랑이다

♪ 꽃들의 노래

정원에 이 꽃 저 꽃
예쁘게 피었다
혼자 보고 있자니
그대 생각난다

서로 바라보며
웃어 주는 꽃들

우리 있어
세상 아름다운 거야
그런 대화한다

나도 그대와 속삭이며
저속에 끼어들고 싶다

♪ 나비 되어

꽃잎 속 나비
그 속에 안겨
꿀 따 먹는다
암술 수술 옮겨 주며
좋은 일도 한다

그래서
꽃과 나비
어울어저 살아 간다

당신을 만나
나비처럼
꽃 속에 머물고 싶다

당신은 꽃
나는 나비
그렇게 온종일
지내고 싶다

☾ 새벽별

옳은 길 인도하는
새벽 별
갈길 몰라 헤매는
내 인생
밝혀 주는 별

그 길 따라
먼 길 떠나고 싶다

내가 가는 이 길
영혼 살리는 길
그 길이라 믿고
끝까지 가야겠다

나 혼자 아닌
새벽별
가는 길 밝혀준다

♪ 밀알 되어

영생 있음을 나는 알았다
죽어지면 보이는 영혼의 세계

이 같은 비밀
모르는 자들
전해 주고 싶다

한 알 밀알 썩어
많은 열매 달인다

밀알 되어
그 나라 전해 주고 싶다

죽으면
또 다른 영의 세계 존재한다

봄 향기처럼
마음속에 심어 주고 싶다

☽ 비둘기 한 쌍

광안리 바닷가 비둘기
한 쌍 보았다
바라보아도
다정해 보인다

파란 하늘 아래
파란 바다
한 쌍 노닐고 있다

그대 생각에
한참 자세히 보니
거기 당신 모습 보인다
나도 그대 곁에
비둘기처럼
다정하게
살아 보고 싶다

☽ 부부의 인연

수많은 별 중
그대 만나
가정 이루고
당신 닮은 자녀
안겨 주었소

부부 인연
누가 정해 주는 걸까

영원하리라
믿고 산다지만
때로는 먼저
떠나야 하는
아픔 있나 보오

곁에 있을 때
다함 없는 사랑
표현하고 싶소

♪ 땅속의 비밀

늦가을,
땅속 수선화 튤립 심어 주면
봄날, 예쁘게 피어 준다

땅속 무엇이 있기에
심는 대로 피어 줄까

우주 섭리
참 아름답다

인생 죽으면
땅속 들어가지만
영은 또 다른 곳
영원한 나라
들어간다

평화로운
그곳에
우리 만난다

♪ 나를 사랑하는 분

당뇨 망막 앞이 안 보일 때
그분 은혜로 보였다

협심증, 스탠드 시술
힘이 없어 쓰러질 때
그분은 직접 가슴을
그분만의 방법으로 고쳐 주었다

정원에서 넘어져
얼굴 함몰되었을 때
그분은 성형 수술 통해
젊어지게 했다

그분 주인으로 모시고
살아왔을 뿐인데
이토록 나를 사랑하시나요

그 은혜 갚을 길 없어
내 생명 드리렵니다

☽ 순종하며

자신 내려놓고
순종해야 했다
고난 늪이 너무 길어
살아야 했기에
순종 택했다

영의 눈 뜨며 그분 만났다
내 인생 주인, 우주 만드신
그분이었다

사람 만들고
영혼까지 책임지는 분

염려 없이
완전한 주인께
내 인생 맡겼다

평화 나라
당신, 나와 같이
그 나라 초대하고 싶다

♩ 아버지 마음

재물 탕진하고
누더기 되어 나타난 아들

아버지는
따스한 손길
새옷 갈아 입혀
죽은 줄 알았다며 잔치 베푼다

나도
상처 입는 자
품어 주는
아버지 마음

그렇게 세상
살아 가고 싶다

♪ 그대는 어느 하늘 아래

파란 하늘
구름 꽃피는
하루 연다

그대는 어디에 살고 있나
나는 여기 꽃 가꾸며
자연 속에 살아

지나간 추억
자꾸만 흐려지고
그대 이름 석 자
가만히 불어 본다

같은 하늘 아래 살아가는
그대 그리고 나
오늘도

그대 모습 생각나면
저 하늘 구름
그대 얼굴 그려 본다

♪ 여사의 인생

부모 그늘 떠나
짝을 만나 가정 이룬다

세 아이 분신 같은 자녀 돌보고
세월은 그렇게
정신없이 흘러갔다

이제는 황혼 중턱
둘만 남았다

석양에 지는 해
왜 서글퍼 보일까
그래도 내 영혼
돌아갈 곳 있어
본향 그리워한다

♪ 천성을 향하여

엄마, 그곳
얼마나 아름다워요
서로 웃으며
사랑 먹고 사는 곳이던가요

엄마, 그곳
열두 가지 과일
항상 열려 있다죠

엄마,
거기 슬픔 없고
행복 가득한 그런 곳이던가요

엄마,
그곳은 전쟁 없는
평화의 나라죠

언제 나도 그곳에서
엄마 만나게 될까요

♩ 그리운 일굴

정원으로 온 지 3년 차
숲 속 공기 마시며
예쁜 꽃들과 살아간다

그리운 얼굴
하늘 쳐다보며
그리움 달래 본다

경험하지 못한 이 세대
두렵기도 하다
각자 이기적으로 살아온
하나님 징계 아닐까
자신 돌아본다

자연은 그대로인데
우리네 사람 순수해졌으면 좋겠다

♪ 죽어야 만날 수 있다

내 잘났다
자존심 내세워
남을 이겨 보지만
이것은 헛된 꿈이었다

한참 지나서
속사람
나를 내려놓고
자아 죽이면
그분을 만날 수 있다

세상 이기며 사는 법
나를 내려놓는 거라
일러 주신다

그냥 그분께 맡기면
평안, 나를 찾아 준다

☽ 만남의 축복

태어나서
눈을 뜨니
엄마 만났다

소녀 시절
다정한 친구 만나
추억 남긴다

믿음직스런 그대 만나
가정 이루었다

고난 밀려올 때
만물 지으신 그분 만난다

아픔 슬픔도 씻어 주신 분
내 영혼까지 살려 주신다

많은 이들
만남의 축복
전해 주고 싶다

♪ 바람 소리

창문 두드리는
세찬 바람 소리

그대인가 싶어
잠이 깨었다

그대 부르는 소리
바람 속에
내 마음 전하고 싶다

언제 오시려나 기다리며
그 소리에 마음 졸인다

♪ 산골 살이

이곳 누리마을
산등성 병풍처럼 둘러 있는 산골

아침 해가 뜨면
새들 노래한다
뻐꾸기 울어 대는
예스러운 동네

하나님은 어찌 내 맘 아시고
꿈속에서
나 그려 보는
아름다운 집 주셨을까

푸른 잔디 보며
온 열방 기도하라는 뜻 아닐까

그대 생각
예쁜 꽃들
그렇게 오늘을 살아가고 있다

♪ 복사 꽃이 필 때

분홍 꽃, 봄 찾아왔다
그대 보지 못해
마음은 겨울

봄옷으로 갈아입는 봄 처녀
나를 웃게 한다

복사꽃 필 때면
어릴 적 시골 마을
소꿉장난하던 그때로
돌아가고 싶다

마음껏 대면할
그대 기다리며
복사꽃 속에 숨어 본다

♪ 매화꽃

분홍, 흰색
어우러져 피어 주는 매화꽃

너 만나려
4월 그렇게
기다렸나 보다

옛적부터 사랑받는 너
살다간 여인들 생각난다

자세히 들여다보니
정신없이 살아온 내 인생
거기서도 보인다

꽃잎 따서
따스한 차 한 잔
그대와 마시고 싶다

♪ 별은 별에게 밀한다

밤하늘 별
그대 향한 내 마음
그곳에 나도 있소

아주 작은 별 하나
그 별이 나였으면 좋겠소

별은 별에게
나는 그대에게
그곳에 언어로 전해 주고 싶소

하늘 저편, 그곳에
당신과 나
반짝이는 별 되어
이곳 비춰 주고 싶소

♪ 에덴의 동쪽

마음속 그려 보는
에덴의 동쪽
아담 살았다는 그곳
얼마나 아름다울까
이브에 미모 어떠했을까

창조주
그분 불순종
쫓겨난 아담과 이브

그래도 그는 시조였기에
에덴 동쪽 그리워한다

다시 우리에게
에덴 오지 않은 걸까

재림에 그날 오고 있어
에덴동산 그려 본다

☽ 석양에 물들면

새벽 오면
만물 서둘러 깨어난다

어제 아픔
그곳에 묻고
하루 연다

그대
더 많이 사랑하고 싶다

무심코 던진 말
상처 되었다면
누구라도 찾아가
빌고 싶다

어느새 내 인생
석양 곁에 와 있다

♪ 4월의 만남

4월은
그대 만나
인생 열었다

아이도 있고
살림 늘어 가는데
왜 마음 공허할까

어느 날
하늘의 비밀, 영의 세계
알게 되었다

우주의 주인,
나의 영적 아버지였다

꽃피는 4월에
나를 만나 주셨다

♪ 십자가

그 앞에 서면
흐르는 눈물 있다
내 영혼 살려 주신
그 십자가

좁은 길 들어가면
십자가 보인다
고난 이겨 내면
영의 눈 떠진다

사랑이란 의미
그 앞에선 녹는다

그 좁은 길
나도 그 앞에
따라가려 서 있다

☽ 결혼기념일

해마다
4월 온다
다정한 그대

때로 싸우기도 하지만
마음 깊은 곳
처음 만나 사랑했던
그때 간직했소

앞으로
살아갈 날들
정원 꽃처럼
피어 보려 하오

저 천국 향해
부르는 날까지
곁에 있으면
행복하겠소

♪ 나이 존재

나는 어디서 왔으며
어디로 가는 걸까

소녀 시절
많이 고민했다

어느 날
우연히 나간 교회
만물 지으신 그분 알게 된나

하늘의 섭리
영혼 존재
나의 존재
모두 그곳에 있었다

가슴 벅차
기쁨의 눈물 흘렸다

☾ 바람아, 전해다오

깊은 밤
그분 대화한다

세상 끝나는 게 아니고
만드신 분이
다시 오실 것이란다
바람아, 전해다오

너무 많이 타락해버린 지구촌
다시 에덴 같은 동산 만드신단다
바람아, 전해다오

선과 악 구별하는 그 날
오고 있다고
바람아 전해다오

온 세상 전해다오
바람아

♪ 황혼이 되어

젊은 시절
피아노 레슨하랴
가정 살림하랴
세월 어디까지
왔는지 모른 체
그렇게 살았다

어느새
여섯 명 할머니 되어
황혼 살아간다

내 속에
그대가 있어
행복하다

황혼이 지면
갈 곳이 있어
그래서 좋다

♪ 바보처럼

내 것인 줄 알고
찾아다녔지만
욕심은 욕심일 뿐, 허무했다

또 다른 은혜 세계
나 내려놓고
바보처럼 살았다
이것이 참된
기쁨 평안이다

나 알아주고
채워 주는 분
오랜 세월 지나서야
이 길 찾았다

🌙 따스한 봄날

잔디에 앉아 너를 본다
모란꽃
나를 보고 웃어 준다

어떻게 살았냐
모란, 알아주네

따스한 봄날
엄마 같은 꽃
내 마음 모란 속 피어 있다

☽ 네가 보았냐

누구에게나
죽음 찾아온다

그때 영의 세계 존재한다
말씀 믿고 살면 천국이요
그렇지 않으면 음부다

네가 보았냐 묻는다면
꿈속에 보았고
성경에 보았다고
정직하게 말해야
나도 그곳 갈 테니까

♪ 인생의 봄날

자연 속에 봄
꽃이 있어 아름답다

내 인생 봄날
언제쯤일까

세 자녀 짝지어 주고
그대와 단둘일세

따스한 커피 한 잔
정원에 앉아 꽃들과
도란도란 옛이야기 나누며

바로 이 모습,
나의 인생 봄날인가 싶다

🎵 그리운 엄마

내가, 부모 되어
살아간다

내 엄마처럼
잘 살아 낼까

그 목소리
내 안에 살아 있다

천국 가던 날
내 손으로
눈을 감겼다

나도 엄마처럼
늙어 가고

언젠가 그 날이 오면
엄마 곁에
갈 수 있어 좋다

♩ 이곳은 나그넷길

잠시
가족과 함께
여행 떠난다

비진도 아담한 바다
하얀 파도, 마음까지 적셔 본다

저 수평선 넘어
누가 살고 있을까

우리네 인생
나그네이다

나를 이 땅에
보내 준 이가 있고
다시 돌아가야 할 본향 집 있다
그곳으로 너와 나
걸어가고 있다

☽ 생명은 아름답다

시들어 죽어 가는 수국꽃
물을 주었다

다시 살아
예쁜 꽃 피어 준다
너에게도 물이
엄마였구나

우리에게 생명줄,
물 한 잔 나를 살게 한다

영혼의 생수
목마른 자 살리는 능력 있다

당신과 나
그곳에서 만났으면 좋겠다

♪ 아침 온다

한밤중
잠은 오지 않고
지나간 생각
나를 잡고 있다

한 마리
나비 애벌레
인고 견디어 내듯
이 밤 나도 나비 같다

고통 시간 가고
아침 왔다

나를 살려 주는 그분
마음 편안함이
그 속에 있다

2부

고난의
인생

♪ 하룻길

천 년 살아갈
그때가 온다

슬픔 아픔도
존재하지 않은 평화 나라

천사처럼 살 수 있는
꿈속 같은 천성

주인이신
그분 섭리이다

피조물인 그대도
나와 같이 그날 기다리며
웃으며 살아요

♪ 무덤 앞에서 울지 마

내 부모
들어가신 곳

언젠가 나도 떠날 때
무덤 앞에
딸들아 울지 마
그곳에 내가 없단다

나의 존재, 내 영혼
이 땅에서 섬기던
아버지 나라 천국 들어간다

다시 만날 길
오직 그곳뿐이다

영으로 만나
사랑 얘기 나누자꾸나
딸들아

♪ 사랑하는 사람아

그대 만나
여기까지 왔소
걸어오는 길목
이리저리 사연도 많았소

그래도 마음 깊은 곳
사랑 하나 감춰 두었소

가장 힘든 순산
그 사랑 나를 도와주었소

그대 영혼까지
사랑하기에

먼 훗날 천국에서
그대 만날 수 있소

♪ 별들아, 전해다오

어느 하늘 아래
이름 모를 산속
고통스레 살고 있는 자들

별들아, 전해다오
하나님은 그들을 사랑하고 있다

먹을 양식 없어 배고픈 자
하나님께 구하라
별들아, 전해다오

몸이 아파 한숨짓는 자
치료의 그분 찾고 찾으라
별들아, 전해다오

소외당한 수많은 저들
품어 주시고 영원 구원해주시라
별들아, 전해다오

♪ 님은 내 안에

내가 가장 좋아하는 그대
내 안에 들어와 살아간다

병들어 약해진 나
용기 주며 살게 한다

고독이 몰려와
외로울 때
언제나 내 편 되어 준다

나 죽으면
내 영은 하나님 나라 백성 되어
천성 가리라

♪ 5월의 끝자락

새벽부터 그렇게
뻐꾸기 울어 대고
짝을 부르는 소리인가 보다

요즈음
선남선녀 혼자 좋다
세월만 먹어 가고 있다

젊음은 쉬어 가지 않고
황혼은 화살같이 빠르다

가정 꿈꾸며 살아가는
그것이 인생 아닐까
봄은 또 재촉하며
떠나가고 있다

☾ 별들의 전쟁

오작교 사이
은하수 수놓고
어느 별 뽑혀서
견우직녀 되는 걸까

이 땅에 사랑하는 기준
백합 향기처럼
순수함 없다

그대 햇님처럼 따스한
그런 사랑이면 좋겠다

♪ 천사가 되어

내 안에 주님 오시어 너무 좋아
나 바람 되어
주님만 전하게 하소서

내 속에 당신 때문에 너무 행복해서
나 가을 단풍 되어
주님만 전하게 하소서

사랑하는 당신 보고 싶어
나 비가 되어
주님만 전하게 하소서

세상 많은 이에게 말하고 싶어
나 무지개 되어
주님만 전하게 하소서

내 영혼
안전한 천국 데려가는 당신
고마워, 나 겨울 눈사람 되어
주님만 전하게 하소서

♪ 우리 집 막내딸

나를 가장 많이 닮은 우리 집 막내딸
옆 동네 살며 손과 발 되어 준다

외로울 때 눈치채고
먹거리 찾아
좋은 풍경 보여 준다
어버이날 해마다 행사하며 용돈 챙겨 준다

이 딸이 태어나던 날
아들 아니라 친정엄마 말없이 가 버리셨다
그날 얼마나 울었던지

그 딸이 지금 나를 즐겁게 한다
속마음 터놓고 많은 얘기 한다
아들 같은 멋진 사위 데려와
토끼 같은 손주 안겨 주었다
딸아, 네가 있어
내 노후 아름다워진다
고맙구나

♪ 아산만 언덕에서

세월은 어느새
삼십 년 지났다
그래도 그때 일은 생생하게
가슴에 남아 있다
온양 가는 길
바닷가 언덕 올라가니
이게 웬일인가
파란 바다 위에 하얀 풍선들
삼삼오오 짝을 지어
하늘 구름 속으로 쏙쏙
셀 수 없는 많은 풍선이었다

뒤를 돌아보니
그쪽 바다에도
그런 일이 생겼다
바다 전체 그 모습이 가득했다

마치 계시록에 나오는 공중 재림 때
흰옷 입는 신부들
들림받는 그런 모습이었다
나는 아이처럼 소리쳤다

저기 여기
또 여기도 너무
아름다운 풍경이었다
다른 세상 서 있는 느낌이었다

두 친구 내려오란
소리에 정신 차렸다
그들은 아무것도
보지 못했다고 했다

지금도 그때 생각한다
다시 오실 주님 사모하며
살아가고 있다

♪ 추억으로 가는 길

지나온 세월 추억이다
그 속에 내가 있고, 그대 있다

지금까지 이어진 인연
인생 동반자이다

내 아는 벗들
함께 손잡고
구름처럼 떠돌지 말라고 챙겨야겠다

황혼에 종착역
그리 멀지 않아
천국 계단
나와 같이 걸어야겠다

☽ 오늘을 보내며

어젯밤
내일 할 일 챙긴다
오늘 하루
꿈 같이 지난다

어린 시절
하루의 소중함 알았다면
오늘 나는 달라져 있겠지

꿈 쉽게 포기
늘 아쉽다
훗날 오늘 기억하며
행복했었노라
나 자신에게 말할 수 있게
보람된 하루 살아가야지

♪ 친구야

학교에서 만난
수줍던 친구

지금은
너와 내가 할미꽃 되었네

잠시 왔다
바람처럼 가버린 내 친구

정원 나갔더니
너희 모습
그곳에 남아 있네

그래도 우린 믿음의 형제
세월 끝에 아버지 집
같이 갈 친구

네 안에 내가 있고
내 속에 친구 있어 좋다

♪ 밤은 밤에게

풀벌레 울어 대는 여름밤
누가 다녀갔는지
정원 태양등
은은하게 비춘다

밤마다 찾아와
누구랑 속삭이나

나도 이 여름밤
냇가에 나가 친구와 조잘대며
미역 감던 시절
그때가 그립다

♩ 나는 누구인가

이 세상
나는 무엇하러 왔을까

수많은 이들
왔다 가는 인생

무의미하게
피고 지는 꽃처럼
그렇게 살고 싶진 않다

어쩌다
나는 주님 만나
천국 알았다

영생 모르고 사는 이들
말해 줘야겠다
영원한 세상

우리 모두에게 있다고
나 전해 주러 왔구나

♪ 꿈이 있는 백성

마음속 꿈을 꾼다
여기 아닌 다른 세상 있다는 걸

이 세상 살고 나면
불러 주는 곳

그 나라 생명책에
이름이 있어야
들어갈 자격 있단다

그 꿈 꾸며
여기서 착하게 양처럼 살며
아름다운 나라 백성 되어야겠다

☽ 말이 곧 나였다

고운 말
나의 인격이다
아름다운 말도 그렇다

사랑한다는 그 말
내 인생 시작이다

너와 나
서로 오고 가는 말
상처 없는지 생각해 본다

마음속 쌓아둔 것들
입에서 나온다

내 안에 장미 나무 심어
한 송이씩 예쁜 말로
전해 주고 싶다

☾ 침묵의 시간

나 돌아볼
침묵 시간인가 보다

잘살아 볼걸
더 사랑하며
더 이해하며
더 용서하며

그대 앞에 침묵해본다

누에고치 명주실 빼내듯
내 안에 나도
누에 되고 싶다

석양, 해는 지고
나 보내신 이가
다시 오라 부를 것만 같아
그곳 아름다운 성
조용히 침묵해본다

♪ 나눔의 기쁨

내게 주신 모든 은혜
나누고 싶다

햇빛 기쁨 뿌린 그 은혜
나누고 싶다

생명 주시고 영혼 주신 은혜
나누고 싶다

하나님 사랑 얼마나 크고 아름다운지
나누고 싶다

아픔 슬픔도 감싸 주는 은혜
나누고 싶다

살아온 자국마다 은혜였다고
모든 이에게 나누고 싶다

천국 가는 길 알게 하신 그 은혜
당신에게 나눠 주고 싶다

♪ 거울 속의 나

긴 세월 지나 거울 속
들여다본다

평안 없어
볼 수 없던 나
이제는
거울 속 편안해 보인다

나 욕하고 비방 해도
주님 사랑으로 용서했다

이제 와
그들이 은혜받는다

주님 닮기 원하는 간절한 마음
거울 속에 나
자꾸만 그 앞에 서 본다

♪ 나는 나를 모른다

내 안에 영이 있다
한 번도 보지 못한
내 안의 나

아버지는 영이시라
대화가 된다

나는 나를 모르지만
그분은 안다

어쩌다 욕심 생기면
파도 되어 부서진다

다시 마음 비우면
그 평안 몰려온다

♩ 잠에서 깬다

잠깐 낮잠 잔다

얼마나 시간 지났을까
여기 어디지
아무 생각 없이
정신 차린다

내 영 잠들게 한 후
어디 다녀온 걸까

마지막 때가 온다
꿈이 아닌 현실
우리 부르는 소리
그 나팔 소리

당신과 나
깨어 준비해야겠다

☽ 조롱박

울타리 덩굴
조롱박 열렸다
지나간 세월 담아
조롱박 웃고 있다

옛날 향수 그리워
너 심었더니
내 마음 열어 준다

귀여운 너를 보면
고사리손 물 떠먹던 시절

엄마 살던 고향
그때 그리워진다

♪ 가을이 오는 소리

가을 소리
마음에 들려 온다
들판에 벼 익어 가는 소리
사과 익는 소리

내 인생 익어 가는 소리
감사 열매

가을이면
못다 한 사랑
그대와 나누고 싶다

♪ 산다는 건

크림 장미
예쁜 향기
며칠 못 가 떨어진다

백일 동안
피어 주는
백일홍이 더 좋다

그대 곁에 있어 좋다
내가 살아 있어
그대 불어 본다

인생 죽음도
천국에서 만날 수 있어
산다는 건 행복이다

♪ 아픈 상처

병, 왜 오는 걸까
여기저기
사람 괴롭게 한다

가족 이별 있다
어린 자식 홀로 두고
떠나야 하는 아픔

에덴에서 아담 지은 죄 때문일까
교만한 천사 루시퍼
못된 장난일까

그래도 다행이다
영혼 병들지 않고
천국에 다시 만날 수 있기 때문이다

♪ 좋은 시간

창문 열면 파란 하늘
구름 꽃이 한 송이, 두 송이 피어 있다

새들이 노래하는
이 한적한 시간
조용히 기도한다

음률도 모르는 내가
주시는 영감
시를 쓰고 있다

마음 깊은 곳
숨겨 놓은 스토리
시가 되어

이 시간
나에게 글 쓰게 한다

아름다운 눈으로
세상 보고 싶다

☾ 보름달이 뜨면

보름 되면
밝은 달 아래
친구들 모인다

이집 저집
나물 반찬 비벼 먹던
보름밥

불놀이 깡통 돌려대며
장난치던 개구쟁이

아직도 아련히 생각난다
그 시절 나 좋아하던 친구
지금은 어디서 내 생각할까
꼭 한번 만나 인생 얘기하고 싶다

그 시절
또다시 돌아가고 싶다

☽ 풋사랑

초가을
풋사과
상큼 맛있다

너를 보면
어린 시절 처음 받은 이성 편지

가슴 두근두근
죄지은 것 같아
엄마한테 들킬까 찢어 버렸다

많은 세월 가고
그때 일 생각 난다
읽어라도 볼걸

수줍던 소녀
그것이 풋사랑이었다

♪ 가슴에 새긴 친구

한 친구 있다
마음 따뜻하고
동생 잘 챙기며
교회 반주 잘하는
부러운 친구

어느 날 학교 졸업
고향 가니
친구는 올 수 없는 먼 곳 떠나 버렸다

세월 가고
나도 교회 나가
피아노 반주하게 된다

친구야, 너에게 보여 주고 싶었다

얼마나 지났을까
하나님 은혜
너와 나, 영으로 만났지
너를 가슴에 묻고 살아간다

♩ 여자의 인생

오래전
친정집 피어 있던 채송화

너도 나처럼
고향 떠나 여기에도 피었구나

엄마 되어 살다 보니
황혼 되었네

내 인생
어디 가서 찾아보나

그래도 자식 열매
그 속에 내 꽃 한 송이 피어 있네

♪ 엄마의 마음

엄마 날 혼자 두고
떠나려 한다
언제 오실 건데요

울지 말고 착하게
너 할 일 잘하면
그때 올게

나 없다고
함부로 마구 살면
엄마 더디 올 거야

달님 이불 삼고
나물 먹고 물 마시면 되는 거야

그렇게 순수한 자연처럼 살면
내가 다시 내려올게
내 백성아

♪ 코끼리 웃음

동물원 코끼리
사춘기란다
맛있는 과일
발로 차 버린다

혼자라는 외로움
이기지 못해 눈물 흘리고 있다

인도에서 건너온
소녀 코끼리
그 곁에 보낸다

입을 모아
눈웃음치는 그 모습

그대 첫사랑 같다
둘이서 긴 코 꼬아 잡는
그들만의 사랑
코끼리도 사람 닮은 것 같다

♪ 원두막

뜨거운 여름날
수박밭 원두막
늘 부러워했다

어느 날
친구 따라 그곳에 갔다
축구공 같은 수박들

거기 앉아
주는 수박 먹었다

늘 그친구 생각나
텃밭 한쪽에 추억 심었다

잘 커가나 날마다 들여다본다
그 친구 모습

수박 속에 그려 본다

☽ 빼앗긴 세월

지나온 날 그리워진다
그 좋은 시간 빼앗아 갔다

그 속에
그대 마음 남겨 두고
기억은 멀어져 간다

어제라는 시간
그렇게 침묵

그대 만나 세월 찾아가야 할 곳, 천국
그곳으로 이사 갈 준비해야겠다

♪ 주인이었다

그대 고마움
내 속에 살아 있다

그대 감사함
열매로 열렸다

그대는 나를 보고
사랑한다 말한다

나는 그대 앞에
아주 작은 돌멩이

그대 없으면
아무것도 할 수 없는
이름 모를 잡초
그래서 난 그대 것이라
말하고 싶다

☾ 소나무

창문 넘어 소나무
누구 지키고 있니
가는 세월 바라보며
누구 기다리나

마음 주고받을
정다운 그대 없어
묵묵히 서 있구나

달 밝은 밤 누구라도
나와 대화했으면 좋겠다

너도 그렇지
솔잎 향기 마시며
답답한 세상
마음 터놓고
이야기라도 나누자꾸나

♩ 커피 한 잔

파란 잔디
하얀 벤치
커피 한 잔 마주한다

꿈에 그리던 예쁜 정원
눈앞에 와 있다

가슴 속 꿈
현실에서 만난다

어떻게 참아야
어떻게 이겨내냐
마음에 평안 뿌려 준다

나 혼자 아닌
내 편 있다는 걸
이제야 알았다
커피 향기 속에
그대 얼굴 그려 본다

♪ 가을 오는 소리

소슬바람
가을 온다고
얼굴 만져 준다

국화 잎
야무지게 가을 잡고 있다

먼 나라에서 방황하다
정신 차린 가을,
무더운 여름 갈길 열어 주었다

코스모스 꽃잎 물고
가을 오고 있다

그대는 조용히 내리는 비
옷 적시며
나를 찾아오는구려

☽ 그네

구름, 꽃 송이송이
새벽녘 그네에 앉는다

가장 고통받는 자들
구원하소서

북한 동포 신음하는 저 땅
살려 주소서

전쟁으로 죽어 가는 백성
긍휼히 여기시어 평화 주소서

전능하신 아버지께
간구하옵니다

그네는 나의 기도처이다

♪ 채송화

정원에 여기저기 피어 있는 채송화
심지 않았는데
어느새 주인공처럼 피어 있다

그대 사랑 받고 싶어
예쁘게 웃고 있네

그대 저 꽃 되어
내 속에 영원히
피어 주면 좋겠소

♪ 꿈의 나라

나 여기 놓아두고
마음 데려가세요
내 영 떠나 먼 그곳 본향 집
구경하고 싶어요

누구라도 좋으니
여기 나 남겨 두고
내 영이, 천사들이 수종 드는
또 다른 세계

꽃들 노래하고
새들 춤추는 나라
보고 싶어요

주님과 거닐며
사랑 얘기 나누는 천국
그곳으로 잠깐이라도
가서 있다 오고 싶어요

♪ 그대는 이디쯤에

그대 오는 길
마중 가고 싶소
그대 어디까지 왔는지

행여 그대 맞을 준비
잘하고 있나

내 속
아직 세상에 빠져
허우적대고 있나

그대 올 줄 알면서
깨어 있지 못하고
잠자고 있나
마음 초조하오

그대 어디까시 왔소
기름 준비 넉넉히 해
만나야겠소

☽ 텃밭에서

가지, 고추, 옥수수, 깻잎 한 아름
이웃과 나누고
어느새 또 한 바구니 따왔다

엄마 하던 일 나도 해 본다
땅는 참 고마운 존재다

이렇게 사는 것
꿈이었는데

참 재미있다
소꿉장난 아닌 나의 인생이다

☽ 밤새 내린 비

새색시 수줍듯
밤새 비는 조용히 내린다

촉촉한 잔디 더 아름답다

가슴에 내리는 은혜의 단비
언제였던가

그대는 내 안에
때로 엄마처럼 가끔 친구 되어
외롭지 않다

세상 끝에 무슨 일 있냐고
어떤 이가 주님 신부 되느냐
조심스레 묻는다
그날 주님 오시는 날
준비 한 자들
구름 타고 하늘 들려 올라간다

나도 그중 한 사람 되고 싶다

♪ 주님 내 안에

어떻게 주님
만날 수 있느냐
질문한다

시부모님 구원해주십사
눈물 기도드릴 때
40일 기도 일주일 남긴 새벽
그날이었다

내 속에 부드러운 음성이 들려 왔다
기도 응답이었다

그때부터 혼자가 아니었다
지금도 늘 동행하신다

♪ 태풍이 지나고

주님 믿는 일
친정에서 태풍 몰려온다

어느 날
친구들이 떠나가고
나만 남았다

가장 가까운
남편 피박한다
강한 태풍이었다

이 길은 영생의 길
목숨 내놓고 여기까지 왔다

지금은 그들이 다 예수님 믿는다
더 깊은 영적 비밀
나에게 말씀한다

♪ 겸손의 의미

내가 할 수 있는 건
아무것도 없어요

생각 내 것 아니고
마음 내 것 아니에요

숨 쉬는 것
내가 할 수 없고
죽은 것도 그래요

겸손하게 살다
오라 하는 그 날
달려갈게요

☾ 사랑했기에

죽으면 내 영
다시 사는 나라 들어간다

어찌 너만 이 좋은 곳 왔니…?
저기 보아라
전하지 않아
마귀 가야 할 음부
떨어지는구나

네 속에 사랑 있다면
같이 와야지

내가 인류를 사랑했기에
내 몸 다 주었잖니

놀라 눈을 뜨니 꿈이었다
주님 주신 사명 충성해야겠다

♪ 가을바람

잠자는 나를
바람 깨워 준다

복음주의 몰고 다니는 바람
온 세상 시원하게 해줄 바람
어디 없을까

공산주의 쓰러지고 평화 바람

이 가을 너를 찾는다
온 열방 불어다오

몇몇 공산 지도자
머릿속까지 바꿔다오

가을 단풍 되어
아름다운 세상
평화 바람
세차게 불어다오, 바람아

3부

축복과
천국 소망

♪ 하늘 마

울타리 하늘 마 심었다
돌멩이 모양 주렁주렁
왜 하필 돌멩이일까?
위에 좋은 식품이다

하나님도
산과 들 여기저기
약초 주셨다
우리 모두 그 사랑 안에 살아간다

죽음 뒤에 저 세상
영원부터 영원까지다
그래서 여기도 좋다

♪ 백합꽃

터질 것 같은 봉오리
기다리게 하더니
흰 백합 피었다

순백 향기 누가 주었을까
두고두고 보리라

아침 나가 보니
벌써 떨어졌다
그리 쉽게 가려거든
향기라도 주고 가지

가시밭에 백합화
찬송 불러 본다
그대 다시 내 안에
피어 주면 좋겠다

♪ 가지나무

가지나무
가지가지 열었다
한 바구니 따서
가지 덮밥 맛있게 먹었다

하나님은 농부요
우리는 가지다

내 영혼 열매
생각해 본다
가지처럼 그렇게 많은 열매 있을까?

영혼 구원이 가장 존귀한 인생이다

♪ 밤에 우는 벌레

적막한 여름밤
풀 벌레 우는 소리
잠을 깨운다

무슨 사연 있어
밤마다 우는 걸까
하루살이 고달퍼 우나
누구 기다리는 애달픈 소리

그대 두고 떠나간
님 부르는 소리일까

나도 그대 생각에
오늘 밤 잠 못 이루겠소

♩ 샤프란꽃

일 년 곱게 가꿨더니
은은한 향기
마음 뿌려 준다

눈꽃처럼
하얗게 피어 주는 샤프란
이름처럼 예쁘다

내 인격 너의 향기
담고 싶다

얼마나 추운 겨울 이겨내야
얼만큼 낮아져야
주님 향기 닮아 갈까
그때 그대가 내 향기
찾아오겠지

☽ 바람 소식

창문 연다
어느새 뼛속 깊이 시원한 바람 너였구나
하늘 저 너머 곳간에서
나를 찾아왔네

그곳 소식 안고 왔을까
언제 오시려나
하늘만 쳐다보는 이곳 사정

깨어 있는 자
그리 많지 않아
더 기다리라는 무언의 소리
바람아, 무엇이든 그곳 소식 전해 주렴

그날 공중에서
신부 부르는 나팔 소리
바람아, 이 소식 온 천하에 전해다오

이 끝에서 저 끝까지
바람아, 부지런히 전해만 다오
이 놀라운 축복을

♪ 그대 곁에

그대 곁에 있으면 사랑하고 싶어요
누구라도 좋으니 사람이면 돼요

그대 곁에 있으면 다 주고 싶어요
내 가진 모든 것 내려놓고 싶어요

그대 곁에 있으면 순한 양 되고 싶어요
참으라면 예, 용서하라면 예

그대 가진 능력
온 우주 꼼짝 못 하게 하네요

그래서 그대가 너무 좋아요

☽ 내 마음

마음 답답하면
그대 불어 본다

내 안에 사랑 그리울 때
그대 만나야지

자식 떠나고
황혼의 쓸쓸함 찾아오면
그대 보고 싶어 준비해 본다

힘든 세월 참아 낸
나를 찾는 이 오거든

그대 있는 먼 곳
갔노라 전해다오

♪ 평강이 찾아왔나

그대 만난 후
고난에 문 여기저기 생겼지만
그대 있어 견딜 수 있었다

육신의 병
마음 무너질 때
그대가 있어
죽어도 좋다 생각했다

인내 세월 그렇게 흘러
그대 나에게 "평안하뇨?" 묻는다

언제부터인가
하늘 평강
나를 찾아 주었다

♩ 양파처럼

맛있는 요리엔 양파가 들어간다
껍질 벗길수록 남는 게 없다

그대는 내 안에 자존심
자아를 양파처럼 벗기라 한다

그리했더니 영에 눈이 뜨이고
그 나라 보인다

이 터널 건너지 못해
시험받는 자 있다

천상의 그 나라, 내 속에도 있다
그대 함께 있어 날마다 기쁘다

♪ 그 길은 생명 길

한참 걸어 왔다
이 길은 생명 길이란다
그대 따라 오는 길이 왜 그리 힘든지

때로는 다른 길이 없나
둘러 봐도 여전히 이 길뿐

그대 떠나가고 흔적만 남아
그래도 영은 살아 있어
나를 오라 한다

넓은 길 가는 수많은 이들
그 길은 죽음 길이라
오지 말라 전해 주라 한다
내가 죽기까지 전해야겠다

♪ 가는 세월

그대 언제쯤 집 떠나 왔어요
세월이란 이름
누가 불러 주었어요

여기 차 한잔하고 가세요

에덴동산 얘기,
모세 때 홍해 건너간 일,
아브람, 이삭 이야기
그대는 다 알고 있죠

솔로몬 여인들 어떠했나요

그날, 재림의 날
세월 그대는 숨기지 말고 말해줘요
가까운 날
언제 주님 오신다
그대는 알고 있죠

♪ 그대가 나를 오라 한다

깊고 깊은 산골 옹달샘
나를 부른다

가을, 설악산 단풍
옷 갈아입고
나와 같이 가자 한다

하얀 파도, 부드런 물결
바다에서 만나자 한다

봄에 향기, 장미 모란 수선화
활짝 웃으며 나를 반겨 준다

그래도 난 그대가 좋다
이별 없고 슬픔 없는 그곳
영원히 같이할 그 나라 좋다

그대 있어 행복한 그 길
나도 가야겠다

♪ 영 싸움

아름다운 세상
영과의 싸움이다

선과 악 싸움이고
나 자신과의 싸움이다

선은 순종이지만
악은 불순종이다

악은 넓은 길 가라 하나
선은 생명 길 선택한다

그래서 우리 인도하는 성령님
그분이 나의 주인이시다

♪ 쫓겨난 천사

아가야, 내 이야기 들어 봐

그 옛날 하늘에서
하나님 불순종하고
쫓겨난 루시퍼 천사장이 있었다

천사 삼 분의 일
끌고 내려와 마귀가 되었단다

하나님 자녀들
괴롭게 하는 존재

그러나 예수님 십자가 보혈
다 이겨 놓았단다
패잔병이면서 울리고 있다
세상 끝에 그들이 들어갈 음부 있단다

주님 이름으로 물리치면
승리할 수 있어
아가야, 무서워하지 마

♪ 추수 때가 온다

아침저녁 시원한 바람
가을 소식 전한다

산속 푸른 나무
붉은 옷 갈아입고
떠날 준비한다

가을바람 불어오면
들판에 곡식 추수할 때 되어
농부 바쁘다

하나님이 세상 심판 하실 때
알곡, 쭉정이 고른다

마지막 추수꾼 그들이 일한다
온 천하 다니며 외치는 그때
바람아, 도와주렴
이런 때가 온다

♪ 영으로 말한다

사람은 누구나
그 속에 영이 있다
보이지 않는 영 나를 살린다

내가 우둔해서
그 소리 듣지 못할 때
꿈속 영감 준다

가만히 눈 감고
내 속 들여다보면
그 속에 숨어 있다

그 영 빠져나가면
나는 죽음이다

내 영 가는 곳
두 길이 있다
그중 하나
영원한 본향집 그곳이다

♪ 그리움 속에

혼자 있으면
그리움 연인 된다

지나간 추억
그 일들 기쁘고 슬프게 말해준다

아름다운 젊음
간직할 틈도 없이
세월은 고난 속에 몰고 왔다

어느새 황혼이 되어서야
돌아볼 여백 준다

그리운 사람아,
내가 할 일
이름 부르며 기도
다시 만날 그 나라
한 사람도 잊지 말고
다 만나야겠다

☽ 뭉게구름

내 마음 하늘 있다
찬 이슬 내리는 새벽
식물은 이슬 먹고 산다

하늘에서 내리는 은혜 단비
나도 먹고산다

저 하늘 구름
한 점 수채화이다
살다 힘이 들어
하늘 그림 본다

그 옛날 구름 타고 올라간 그분

언젠가 그리 멀지 않은 날
이 땅에 오신다 했다

저 뭉게구름
그분 오실 길 만드는 꽃수레이다

☽ 서로 사랑하며

어색한 사이
사랑으로 다가서면
따뜻한 봄날 된다

다른 사람 보기 싫어 눈 감아도
사랑의 향기 뿌려 주면
눈같이 녹아든다

인생 어두움 끌고 가는 마귀도
서로 사랑하면
살며시 도망간다

사랑은 엄마이고
사랑은 우리다
사랑은 하나님이시다

♪ 마음 드리며

오랜 세월
그대 같이했다

이런저런 사정
기도하며
그대밖에 몰랐다

마음 드리고
중심 드리고
생명까지도

언제부터인가
그대 나를 친구라 한다

일어날 미래 일 말해 주는
그대, 좋은 친구다

☽ 은하수

하늘 같은 그대
바다 같은 마음 준다 하네

태산 같은 그대
오막살이 찾아와 별나라
구경 가자 하네

그대는 누구길래
이 작은 나를 설레게 할까

신데렐라처럼 신부단장 하고
우주보다 크신 신랑
따라오라 하네

하늘에선
오작교 은하수 꽃길 만들어
혼인 잔치 열린다 하네

☽ 우리 집 머슴

비가 자주 내린다
잔디 좋아
춤추며 비단길 깔아 준다

정원 할 일 많다
나는 머슴
그렇게 불어 달라
큰소리 잘 치는 우리 집 가장

그대 있어
정원 아름답고
그 속에 나도 행복하오

머슴처럼 일 잘하는 그대
나에게 엄마 같고 오빠 같소

부드러운 목소리
다정할 때는 예수님 같아
그대 사랑하오

♪ 엄마 되면 알게 돼

조롱박 주렁주렁 하늘 열렸다
귀여운 아기가 손잡아 달라 하네

어서 크거라
재미있는 이야기 채워 줄게

아름다운 세상 지은 이가 누군지
저 영원한 본향 만든 이가 누군지

누가 그 나라 들어가는지
너는 모르잖아

엄마처럼 어른 되면
그때 알게 돼
천국 존재한다는 걸

☽ 부모는 다 그래

부모 그늘 살다 짝 만난다
그 안에 자식 생겨 키워야 한다

아들 얻었다
좋아하며 잔치한다

논두렁 우렁이 속 다 빼주고
껍질만 남아 둥둥 떠내려간다

대학생 되어
이성 알게 되고
엄마 소리 잔소리
여자 친구 마음 다 준다
이것이 부모 인생이다

그래도 나를 사랑하는 분이 있어
인생 아름답다
그 영원한 길

천국 있어
부모 희생한다

♪ 누가 지켜보네

어떻게 살았는지
그대 다 보았네

이리저리 피박
인내하며 산 것
그대 알고 있네

바보처럼 양보하고
참아 주고
혼자 눈물 흘린 것
그대 보고 있었네

몸이 아파
고통 속에 신음하며 죽어도 좋다
믿음 지킨 마음
그대, 보고 있었네

저 세상 바라보며 살아온 나
그대 알아주고
형통한 복을 주네

♪ 만남의 축복

정원 꽃들
주인 잘 만나
사랑받고 산다

나무들
예쁜 새 만나
노래하는 속삭임 듣고 산다

바다 하얀 파도
연인들 발자국 소리에
눈을 뜬다

그대 언제쯤 나를 만나
그곳으로 데려갈꼬

엄마 있고 친구도 있는
그 아름다운 천성
그대 있어 행복하오

♪ 그때는 몰랐다

그 옛날 유대 땅
한 아이 태어났다

그때 아무도 몰랐다
그분이 하늘 소식 전하며
구원에 문 열 줄을

인류의 죄
대신하여 십자가 지시고
부활하신 사건

누구나 태어나면
죽음도 있다

그 안에 영혼 있어
그분 영접해야 천국 갈 수 있다
이 진리 길 너도 가고, 나도 가야 한다
그렇지 않으면 멸망이다

이 얼마나 놀라운 축복인가?

♪ 가을이 오면

붉은 옷 갈아입는 가을
친구 찾아가고 싶다

깊은 계곡 물소리
하늘에서 내려온다

오솔길 다람쥐
너 닮아 귀엽구나

가을 나 찾아와
너 보자 한다

우리네 봄
세월 가져가고
남은 조각뿐이네

그래도 이 가을
너와 함께 먼 길 떠나고 싶다
마음에서 만나 아름다운 그 나라
구경해 보고 싶다

♪ 시간이 나를

초년 첫사랑
여물 기도 전에
시간이 나를 중년으로 넘겼다

그때는 정신없이 살아온 세월
슬픔 만나 울고 있을 때

나를 찾아와
진리의 길 일러 주어
그 길 꽉 잡았다

또 시간
말년 데려왔다
인제야 인생 참 의미 알게 된다

세월 없으면
이 평안 만나지 못했다
그래서 시간은 계속 흐르고 있나 보다

♪ 오늘 있이 좋다

오늘 있어 좋다
내일도 그렇다

어제 힘든 일들
인내 나무 심었다
열매 열어 준다

텃밭 채소도
주렁주렁 열었다

내 안에 주인
농부요, 가지다

사랑나무 심어
아홉 가지 열매 나눠야겠다
그래서 내일도 좋다

♪ 마음 준다

생각 주고
마음 준다

누구 만나 대화
그때도 그렇다

꽃들 나 보고 인사한다
예뻐해 줘서 고마워요

내가 아닌
다른 내가 존재한다
미워할 줄 모르고
시기할 줄 모르는
화평 선사한다

그래서 난
내 안에 그대 사랑한다

♪ 전해 주고 싶다

마음의 눈이 있으면
꽃이 말하고
나무도 그렇다

고양이는 아기처럼 울어 말한다

가을 단풍 옷 갈아입고
여행 가자 한다

내 안에 눈이 만 개가 있다면
오는 세월 비밀
꽃 나무 인생에게
전해 주고 싶다

약속하신
만왕의 왕 오신다
이 귀한 소식
소홀히 여기면 큰일 난다

♩ 진리의 길

하루 보내기 힘들어
아기처럼 울었다

삶의 무게
산처럼 밀려 왔다

누구 하나 도움 없이
혼자 걸어야 한다

그 무렵
혜성처럼 나타난 분
나를 지으신 이가 찾아왔다

그 길은 진리
생명 길이었다
무조건 순종 따라 왔다

그랬더니 인생 열매 주렁주렁
이제 나같이 괴로운 자에게 다리 되어 주고 싶다

☽ 밤이 왔다

무더운 여름
파도처럼 밀려가고
가을밤 서늘함
나를 깨운다

누구 만나
지내온 얘기 나누고 싶은 이 밤
하늘에 편지 쓴다

그곳에 밤이 없다죠
꽃길만 있어 행복한가요

이곳에 다시 오실 약속
기억하고 있어요
점점 힘들게 하는 세상

오직 그 소망뿐입니다
내 마음 편지
가을바람아, 전해 주렴

♪ 비는 내리고

이렇게 비가 내리면
커피 한잔
그대 되어 준다

세상 어딜 가도
나그네처럼
마음 줄 곳 없다

내리는 비
나를 외롭게 하네

저 세상
외로움은 없겠지
죽음 거쳐 간 그곳
나그네 없는 본향집

그래서
여기 허무함 안고 살아야 하는
운명인가 보다

☾ 마음이 새라면

내 마음 새라면
지구 반대쪽 그곳 날아가
엄마 되어 주고, 친구 되면 좋겠다

그리할 수 없어 마음 아프다
정원에 노래하는 새들 부럽다

바람아, 너라도 따뜻한 기운 안아 주렴

♪ 시간 흐르는 소리

무언의 시간 흐른다
커다란 산모퉁이
바람 안고 달린다

바다의 파도
은빛 날개 치며
시간은 흘러간다

산속 작은
연못 개구리 한 마리
알을 낳고 시간에 맡긴다

꽃들의 낙화
내년 기다리며
흐르는 시간 익숙하다

때가 되면 만사도 그렇다
마지막 시간 섭리 속에
새로운 세상 다가온다

☽ 눈이 어두면

미생물 눈이 있다
사슴 눈 아름다운 건
슬픔 있기 때문이다

꽃이 예쁜 건
마음 먼저 준다

눈이 어두면 마음 어둡다

또 하나 있는 건
마음에 눈, 영으로 볼 수 있다
영원한 세상
그렇다

여기보다 더 아름다운 그 나라
보인다

♪ 이런 날이면

깊은 안개
앞산을 덮고
비밀 속삭이듯 아련하더니
가을비 조용히 내린다

이런 날이면
돌아가신 엄마 생각난다

하나님, 나 좀 데려가 달라
두 손 모아 기도하며
보채시던 모습

지금은 그곳에서 편안하시죠?

비가 내리던 날
엄마 찾아
동네 울고 다닌 철부지
어린 시절 그때가 그립다

♪ 옷상 속에

옷 장문 열고
여기저기 더듬어 본다

세월 그 속에 있었네

오래된 외투
빛바랜 명함 하나
이제 나오면 어쩌라고

만날 수 없는 세월
뜬구름 속에 사라졌네

하늘 보며 나를 본다

그래도 마지막 종착역
천국이다

☾ 나를 늙게 한다

나는 가만히 여기 있는데
세월이 나를 늙어 가게 한다

나는 이 세상 아름다운데
마음 자꾸 저세상 그리워한다

나는 생각 꽉 잡고 있는데
기억이 세월에 흘러간다

그래서
이 자리 내주고 떠나야 하나

먼저 살다간 분들
못다 한 사연 남기고
말 없이 떠나갔나

아니면
더 좋은 영원한 집 있어
그곳에 너도나도
가야 하나 보다

♪ 아이구 아니아

나를 보고 부러워한다
살아오면서 고생 모르고
꽃길 걸어온 것 같다

아이고 아니야
내 고통 아픈 사연
다 표현 못 해

하지만
그분 만나
용서 참아내며
순종하고 살았지

물가에 심은 나무처럼 형통이었어
그냥 생명 길이니까
이 길 걸어가면 돼
평안도 있어, 나 따라와 봐

☽ 안기고 싶다

하늘 저 너머 그대 있고
내 마음에 있다

수평선 넘어
잔잔한 은빛 바다
그 속에 그대 있다

가을비 내리는 날
문 두드리는 그대

활짝 웃으며 피어 주는 수국 속에
그대 숨어 나를 보고 있다

깊은 밤
내 안에 평안 주며 잠자게 한다
세상 어느 곳에도
그대 숨소리 들어 온다

온 우주 다스리는 그 능력, 그대 갖고 있다
어린아이처럼 그대에게 안기고 싶다

♪ 시작과 끝이 있다

이 커다란 우주 안
두 종류 있다

영적인 부모
따라가는 자들, 그렇지 않은 자

시작이 있고 끝이 있다
나는 지금 어느 쪽 가고 있나
선택해야 한다

창조하신 이가 말한다
세상 끝에 자기 백성 찾는다
지금이 돌아올 수 있는 기회

망설이지 말고 아버지 품에 들어오면 된다
그대 양처럼 순종하길 바라오

♪ 고양이는

길고양이 두 마리
귀엽고 불쌍해
'누리'라고 이름 지어 밥 주고 있다

누리는 왜 살고 있을까
죽으면 끝이라 다행이다

사람은 영이 있어 살아간다
영생 길이 있고
멸망길이 있다
선택해야 한다

고양이보다 영원한 길

당신도 그 아름다운 곳
갈 수 있어
행복이다

♪ 찬송 소리

어느 날
마음 고마움 실어
찬양 드린다

예배 시간 헌금 송
혼자 올라가 은혜 담아
하나님께 올린다

십 년을
미국 부산 시흥
찬양할 때 고난 이겨 낸
감사 찬양이었다

부족한 내 찬송 소리
마음 드릴 수 있어 행복했다

♪ 그분은 사랑이다

세상 지은 이가 있다
지구촌 만든 분이다
우주 주인 그분이다

잘못 쓰고 있어
지금 온 인류 경고하는 것일까
코로나가 그렇다

아름다운 자연 살게 하는데
감사할 줄 모른다
공기, 햇빛, 물, 다 그렇다

그분의 본체, 사랑이다
우리 서로 사랑이 부족하다

미워하고 시기하며 욕심 많다

언제라도 오라 하면
떠나가야 할 나그네일뿐
창조주 하나님, 우리 죄 용서하소서

그대가 나를 찾아왔다

펴 낸 날 2022년 11월 4일

지 은 이 김금숙
펴 낸 이 이기성
편집팀장 이윤숙
기획편집 윤가영, 이지희, 서해주
표지디자인 이윤숙
책임마케팅 강보현, 김성욱
펴 낸 곳 도서출판 생각나눔
출판등록 제 2018-000288호
주　　소 서울 마포구 잔다리로7안길 22, 태성빌딩 3층
전　　화 02-325-5100
팩　　스 02-325-5101
홈페이지 www.생각나눔.kr
이 메 일 bookmain@think-book.com

• 책값은 표지 뒷면에 표기되어 있습니다
　ISBN 979-11-7048-469-1(03810)